RATUS POCHE

COLLECTION DIRIGÉE PAR JEANINE ET JEAN GUION

❧

Francette top secrète
Enquête à quatre pattes

bateau

Francette top secrète
- Mystère à l'école
- Drôle de momie !
- Mission Noël
- Enquête à quatre pattes

Fleur

Éléphan.

hopital

l'eau

© Hatier Paris 2008, ISSN 1259 4652, ISBN 978-2-218-92885-7

Francette top secrète

Enquête à quatre pattes

Une histoire de Catherine Kalengula
illustrée par Isabelle Maroger

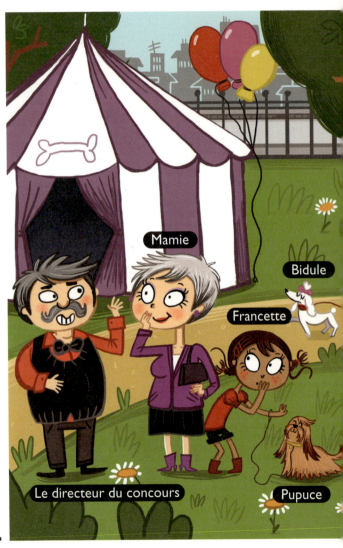

Dans la famille de Francette, tout le monde est agent secret : son père, sa mère et même sa grand-mère ! Mais la plus douée de tous, c'est bien Francette top secrète…

Les personnages de l'histoire

À Emmy, qui veut un chihuahua.

1

Ma mamie top secrète a deux grands amours dans sa vie : moi et son petit chien Pupuce !

C'est vrai que Pupuce est adorable. Et c'est aussi un super agent secret. Il renifle les bandits, et de loin ! Il ne se trompe jamais, enfin presque… Juste une fois, il a mordu le voisin parce qu'il avait une saucisse dans la main ! Eh oui, Pupuce est tout petit, mais il a un très gros appétit. En principe, il est gentil comme tout. Mais quand il est grognon, c'est une autre histoire ! Ce matin, il ne veut rien savoir, même si je lui promets un dessert.

– Allez, Pupuce, va chercher la baballe et je te donnerai un biscuit !

– WOUAF ! WOUAF !

Il ne bouge pas. J'insiste :

– Vas-y, Pupuce !

Mais il va bouder dans un coin. Mamie nous rejoint dans le jardin. Elle a un papier dans la main. Et elle a l'air tout excitée :

– Cet après-midi, il y a un concours de beauté à Petiteville…

Je fais mes yeux ronds, comme un poisson :

– Je ne veux pas être une mini-miss !

Mamie éclate de rire :

– Mais non, c'est un concours réservé aux chiens ! Le plus joli chien gagne un premier prix fabuleux, enfin c'est ce qui est écrit. Allez, Pupuce, au bain ! Même un chien top secret doit se laver. Et après, au coiffage !

Une heure plus tard, Pupuce est tout beau : Mamie lui a mis un collier doré. Et moi, je lui ai fait la raie sur le côté :

– Pupuce, tu es une vraie star !

– WOUAF ! WOUAF !

En route pour le concours…

Où Mamie veut-elle emmener Francette ?

2

Le concours se passe sous un grand chapiteau. Il y a des chiens partout ! Des petits, des gros, des poilus, des tout nus. Mais le plus beau, c'est mon Pupuce, bien sûr ! Mamie s'occupe de l'inscrire. Moi, j'attends avec lui à l'entrée du chapiteau. Tout à coup, quelqu'un me tire la manche. Oh non, mais ce n'est pas possible ! C'est Alix la radio, un garçon de ma classe. Toujours à me suivre partout, celui-là ! Il tient en laisse un caniche, avec un nœud rose sur la tête.

Où est le chien Ratatouille ?

– Francette ! Tu participes au concours, toi aussi ? Oh, il est bizarre, ton chien !

– Pas plus que le tien. De toute façon, c'est mon Pupuce qui va gagner !

– Non, c'est mon Bidule le plus beau !

Je suis morte de rire :

– Bidule ! Hi, hi, hi !

Une dame âgée passe devant nous. Elle a un chapeau à fleurs et des chaussures pointues :

– Vous n'avez aucune chance de gagner, les gamins ! C'est mon chien Ratatouille le meilleur !

Je regarde le Ratatouille en question : il n'est pas beau du tout. Il a des poils dans tous les sens, on ne voit même pas ses yeux ! En plus, il a l'air complètement endormi. La vieille dame part vers les coulisses en se dandinant…

– Mesdames et messieurs, le défilé de chiens va commencer. En piste !

Le directeur du concours crie dans son micro :

– Allez, plus vite que ça !

Mamie m'encourage :

– Vas-y, Francette, c'est ton tour !

Mais voilà que son rouge à lèvres se met à sonner :

– Oui… bon, j'arrive tout de suite !

Mamie referme son tube de rouge. À l'intérieur, il y a un gadget du tonnerre : un mini téléphone d'espion !

Sa conversation terminée, Mamie a l'air bien embêté. Elle m'explique :

– Francette chérie, nous devons partir. Ton papa a une mission urgente et il a besoin de moi. Pupuce participera à un concours une autre fois.

Quelle catastrophe !

– Oh non ! Écoute, Mamie, moi je peux rester avec Pupuce. Je ferai très attention, c'est promis juré ! S'il te plaît, ma petite mamie adorée !

Mamie parle tout bas :

– Bon, d'accord, Francette. Mais prends cet appareil photo. Il est un peu spécial. Écoute…

Que donne Mamie à Francette ?

3

Mamie partie, Pupuce peut défiler. Il est de bonne humeur, maintenant. Ouf!

Je fais le tour de la piste en marchant lentement. J'ai accroché l'appareil photo de Mamie autour de mon cou :

– C'est parfait, Pupuce. Bravo !

– WOUAF ! WOUAF !

Alix la radio me suit, le nez en l'air. Et son caniche lève le museau aussi ! Ça me fait rire ! Beaucoup de chiens défilent. Je reconnais Ratatouille, le mal coiffé. Il fait seulement deux petits pas sur la piste,

Qui va gagner le concours ?

et… voilà qu'il se couche par terre pour dormir ! La vieille dame n'essaie même pas de le réveiller. Elle s'en va, en le laissant là !

À la fin du défilé, le directeur du concours frappe dans ses mains :

– Bon, tous les chiens sont passés ? Parfait ! Je vais vous annoncer le nom du grand gagnant… C'est Ratatouille, et sa maîtresse, Mme Pâquerette !

Alix en reste baba :

– Quoi ? Mais c'est de la triche !

– Tu dis ça parce que tu es jaloux ! Tu voulais que ton machin Bidule gagne.

Vexé, Alix s'en va. Les concurrents aussi commencent à partir. Moi, j'attends Mamie avec Pupuce. Je réfléchis…

Ratatouille n'a même pas défilé, et pourtant, c'est lui qui a gagné ! Ce n'est pas normal. Si Alix avait raison ? Et si Mme Pâquerette avait triché ? Au loin, j'aperçois le directeur du concours qui discute avec elle. Tiens, c'est bizarre, la vieille dame s'en va sans prendre son prix. Décidément, tout ça est très étrange. Je décide de suivre le directeur…

– Chut ! Pas de bruit, Pupuce, d'accord ?

L'homme se dirige vers les coulisses. À l'intérieur, il entre dans une petite pièce. Je regarde par le trou de la serrure. Un homme est assis par terre. Il est ligoté comme un saucisson. À côté, Ratatouille ronfle. Le directeur a l'air furieux :

— Maintenant, tu vas nous dire où est le premier prix fabuleux ! C'est quoi, de l'or, des bijoux, un million d'euros ?

Il enlève son costume et sa barbe. C'est une fausse barbe ! Soudain, Pupuce commence à grogner. Je me retourne. Mme Pâquerette est juste derrière moi ! Elle prend le chien de ma mamie et l'enferme dans un sac. Puis, elle m'attrape par les épaules et me pousse dans le bureau. Je me mets à crier :

— Au secours ! Au secours !

Qu'est-il arrivé au vrai directeur ?

4

Dans la pièce, je reconnais le faux directeur, c'est La Fouine, le célèbre bandit*! Mme Pâquerette enlève son chapeau : c'est Tripette, son complice! J'ai tout compris. Ils se sont déguisés pour gagner le premier prix, en trichant. Et l'homme ligoté, c'est le vrai directeur, bien sûr! Tripette pleurniche :

– Aïe, aïe! Chef, je peux enlever mes chaussures de femme? J'ai mal aux pieds! Bou-ou-ouh!

– Plus tard! D'abord, nous devons vite

---

*Lire *Francette top secrète - Mystère à l'école* et *Drôle de momie*, coll. Ratus Poche.

À quoi sert l'appareil photo top secret ?

nous débarrasser de cette petite peste !

Je commence à avoir très peur ! Tout à coup, je repense à l'appareil photo.

– Une petite photo souvenir ?

Je vise La Fouine et Tripette. Clic-clac ! Pchiii… Du gaz sort de l'appareil. Je me bouche le nez pour ne pas respirer. La Fouine et Tripette s'endorment !

Je libère le directeur et Pupuce. Et nous prenons la poudre d'escampette…

Quand Mamie revient me chercher, je lui explique tout. Elle est très étonnée :

– Bravo, Francette ! Voilà une mission réussie !

Avec des policiers, nous allons chercher les bandits. Mais quand nous arrivons, la

Quel est le premier prix du concours ?

pièce est vide. Ils ont dû se réveiller et ils ont encore réussi à s'enfuir. Mais au moins, ils n'ont pas eu le prix ! Le directeur est très content :

– Pour te récompenser, Francette, je vais t'offrir le premier prix du concours.

Il va chercher un gros sac.

– Dix kilos de saucisses pour chien toutes fraîches !

Avec Mamie, nous éclatons de rire. Pupuce remue la queue dans tous les sens.

– C'est vraiment un prix génial, hein, Pupuce ?

– WOUAF ! WOUAF !

1
un **agent secret**
Personne dont le travail doit rester secret.

2
tout **excitée**
Francette est toute contente.

3
une **mini miss**
Petite fille qui participe à un concours de beauté.

4
fabuleux
Fantastique, merveilleux.

5
le **coiffage**
C'est quand Mamie peigne Pupuce.

6
un **chapiteau**
Grande tente, comme celle d'un cirque.

7
les **coulisses**
Endroit situé derrière la piste, et que les spectateurs ne peuvent pas voir.

8
un **défilé**
Personnes qui marchent les unes derrière les autres.

9
un **gadget**
du tonnerre
Un objet
formidable.

10
une **mission**
Travail que l'on
donne à quelqu'un.

11
il en reste **baba**
Alix est très étonné.

12
vexé
Alix est fâché.

les **concurrents**
Personnes qui
participent
à un concours.

13
ligoté
Attaché solidement.

14
un **complice**
C'est celui qui aide
quelqu'un
de malhonnête.

15
une **petite peste**
Une petite fille très
pénible.

16
du **gaz**
C'est une sorte
d'air qu'on peut
respirer. Il y a
des gaz dangereux.

17
la **poudre**
d'escampette
Francette se sauve
à toute vitesse.

Pour t'aider à lire

Les aventures du rat vert

- 1 Le robot de Ratus
- 3 Les champignons de Ratus
- 6 Ratus raconte ses vacances
- 8 Ratus et la télévision
- 15 Ratus se déguise
- 19 Les mensonges de Ratus
- 21 Ratus écrit un livre
- 23 L'anniversaire de Ratus
- 26 Ratus à l'école du cirque
- 29 Ratus et le sapin-cactus
- 36 Ratus et le poisson-fou
- 40 Ratus et les puces savantes
- 46 Ratus en ballon
- 47 Ratus père Noël
- 50 Ratus à l'école
- 54 Un nouvel ami pour Ratus
- 57 Ratus et le monstre du lac
- 1 Ratus chez le coiffeur
- 2 Ratus et les lapins
- 9 Ratus aux sports d'hiver
- 13 Ratus pique-nique
- 23 Ratus sur la route des vacances
- 27 La grosse bêtise de Ratus
- 38 Ratus chez les robots
- 41 Ratus à la ferme
- 46 Ratus champion de tennis
- 56 Ratus et l'œuf magique
- 60 Ratus et la barbu turlututu
- 8 La classe de Ratus en voyage
- 12 Ratus en Afrique
- 16 Ratus et l'étrange maîtresse
- 26 Ratus à l'hôpital
- 29 Ratus et la petite princesse
- 31 Ratus et le sorcier
- 33 Ratus gardien de zoo
- 47 En vacances chez Ratus

Les aventures de Mamie Ratus

- 7 Le cadeau de Mamie Ratus
- 39 Noël chez Mamie Ratus
- 3 Les parapluies de Mamie Ratus
- 8 La visite de Mamie Ratus
- 31 Le secret de Mamie Ratus
- 5 Les fantômes de Mamie Ratus

Ralette, drôle de chipie

- 10 Ralette au feu d'artifice
- 11 Ralette fait des crêpes
- 13 Ralette fait du camping
- 18 Ralette fait du judo
- 22 La cachette de Ralette
- 24 Une surprise pour Ralette
- 28 Le poney de Ralette
- 38 Ralette, reine du carnaval
- 45 Ralette, la super-chipie !
- 51 Joyeux Noël, Ralette !
- 56 Ralette, reine de la magie
- 4 Ralette n'a peur de rien
- 6 Mais où est Ralette ?
- 20 Ralette et les tableaux rigolos
- 44 Les amoureux de Ralette
- 48 L'idole de Ralette
- 11 Ralette au bord de la mer
- 34 Ralette et l'os de dinosaure

Les histoires de toujours

- 27 Icare, l'homme-oiseau
- 32 Les aventures du chat botté
- 35 Les moutons de Panurge
- 37 Le malin petit tailleur
- 41 Histoires et proverbes d'animaux
- 49 Pégase, le cheval ailé
- 26 Le cheval de Troie
- 32 Arthur et l'enchanteur Merlin
- 36 Gargantua et les cloches de Notre-Dame
- 43 La légende des santons de Provence
- 49 Les malheurs du père Noël
- 52 À l'école de grand-père
- 21 L'extraordinaire voyage d'Ulysse
- 27 Robin des Bois, prince de la forêt
- 36 Les douze travaux d'Hercule
- 40 Les folles aventures de Don Quichotte
- 46 Les mille et une nuits de Shéhérazade
- 49 La malédiction de Toutankhamon
- 50 Christophe Colomb et le Nouveau Monde

Collection Ratus Poche

Super-Mamie et la forêt interdite

- 42 Super-Mamie et le dragon
- 43 Le Noël magique de Super-Mamie
- 44 Les farces magiques de Super-Mamie
- 48 Le drôle de cadeau de Super-Mamie
- 59 Super-Mamie et le coiffeur fou
- 39 Super-Mamie, maîtresse magique
- 42 Au secours, Super-Mamie !
- 45 Super-Mamie et la machine à rétrécir
- 50 Super-Mamie, sirène magique
- 57 Super-Mamie, dentiste royale
- 37 Le mariage de Super-Mamie
- 39 Super-Mamie s'en va-t-en guerre !

L'école de Mme Bégonia

- 11 Drôle de maîtresse
- 14 Au secours, le maître est fou !
- 16 Le tableau magique
- 25 Un voleur à l'école
- 33 Un chien à l'école
- 47 Bonjour, madame fantôme !

La classe de 6e

- 14 La classe de 6e et les hommes préhistoriques
- 17 La classe de 6e tourne un film
- 24 La classe de 6e au Futuroscope
- 30 La classe de 6e découvre l'Europe
- 35 La classe de 6e et les extraterrestres
- 42 La classe de 6e et le monstre du Loch Ness
- 44 La classe de 6e au Puy du Fou
- 48 La classe de 6e contre les troisièmes

Collection Ratus Poche

Les imbattables

- 54 La rentrée de Manon
- 58 Barnabé est amoureux !
- 55 Le chien de Quentin
- 61 Le courage de Manon

Baptiste et Clara

- 30 Baptiste et le requin
- 35 Baptiste et Clara contre le vampire
- 37 Baptiste et Clara contre le fantôme
- 40 Clara et la robe de ses rêves
- 51 Clara et le secret de Noël
- 53 Les vacances de Clara
- 59 Clara fait du cinéma
- 22 Baptiste et Clara contre l'homme masqué
- 32 Baptiste et le complot du cimetière
- 38 Clara superstar
- 41 Clara et le garçon du cirque
- 43 Clara, reine des fleurs
- 45 Clara et le cheval noir

Les enquêtes de Mistouflette

- 9 Mistouflette et le trésor du tilleul
- 30 Mistouflette sauve les poissons
- 34 Mistouflette et les chasseurs
- 5 Mistouflette et les tourterelles en danger
- 24 Mistouflette enquête au pays des oliviers
- 1 Mistouflette contre les voleurs de chiens
- 7 Mistouflette et la plante mystérieuse

Francette top secrète

- 52 Mystère à l'école
- 53 Drôle de momie !
- 55 Mission Noël
- 58 Enquête à quatre pattes

Conception graphique couverture : Pouty Design
Conception graphique intérieur : Jean Yves Grall • mise en page : Atelier JMH

Imprimé en France par Pollina, 84500 Luçon - n° L47404
Dépôt légal n° 107076 - juillet 2008